Alexis RICHERT

Promenades dans les bois

Le maléfice des Terres Rouges

Mortelle Solitude

Édition : BoD - Books on Demand, info@bod.fr

Impression : BoD – Books on Demand, In de Tarpen 42, Norderstedt (Allemagne)

Impression à la demande

ISBN : 978-2-3225-2481-5

Dépôt légal : avril 2024

Le maléfice
des
Terres Rouges

C'était un petit matin ensoleillé d'avril. La route printanière courait dans la forêt, les doux rayons d'or se mêlaient à l'explosion des fines lamelles de jade parcourant les branchages sortant de leur longue léthargie, et créaient ainsi un univers féérique d'ombres et d'étincelles éblouissantes. Pierre avait ralenti l'allure du cabriolet afin de laisser Amandine admirer les bois qui entouraient leur nouveau domaine.

- Quelle chance, l'héritage de ton oncle ! dit-elle subitement.
- Oui, je venais souvent ici lorsque j'étais enfant puis, ses soucis de santé, ses pertes de mémoire, m'ont éloigné de cette maison.

- Il y a vécu longtemps ?
- Oui, jusqu'à il y a deux ans. Mais il préférait y vivre seul, s'isolant du monde et de nous.
- L'avais-tu revu avant sa mort ?
- Il était venu déjeuner il y a cinq ans, nous étions tous là, mais les choses ont pris un drôle de tour. Il parlait d'ombres, de nombreux visages qui le guettaient, d'une femme étrange… Tous les débuts d'une folie liée à sa solitude sans doute. Il ne resta pas plus, prétextant ne pas pouvoir laisser ses affaires sans surveillance. Mais il était aussi vexé qu'on ne l'ait pas cru.
- Et il y a deux ans ?
- Son médecin a ordonné son placement, ses propos étaient devenus incohérents, il ne s'occupait même plus de lui-même. Tu connais la suite, il a fini par trouver une possibilité de se jeter par une fenêtre du quatrième étage de l'hôpital.
- C'est triste pour un homme qui était ingénieur et cultivé.

- Oui, nous sommes peu de choses dans la vieillesse. Profitons du moment présent.
- Oui… Je t'aime, lui dit-elle doucement en posant sa main sur la sienne.

Il braqua soudainement et prit un petit chemin gravillonné au bout duquel siégeait une magnifique demeure entourée d'un parc. Plantés çà et là, des bouquets de saules, de pruniers, et de tamaris égayaient en touffes de fraicheur et d'ombre le large tapis de brins d'émeraude jeunes et frais qui s'étendait jusqu'à un lointain mur de hauts peupliers bordant un petit ruisseau s'écoulant dans l'étang que l'on pouvait apercevoir avant la lisière de la forêt ; une île réhaussée d'une folie japonisante trônait en son centre et une petite barque vermoulue attendait encore patiemment les promeneurs au risque de leur faire à présent visiter les fonds vaseux où se baignaient grenouilles et carpes. Pierre avait pris en charge la rénovation de la propriété depuis déjà six mois, le jardin avait été remis en état et invitait au farniente dans un calme absolu, que seuls troublaient les chants des oiseaux et le frémissement du vent qui en faisait délicatement bruisser les rameaux des grands arbres. Il se gara devant l'escalier d'honneur, large, puissant, cerné de deux balustrades en pierre, ciselées en feuillages et épines de ronces et se terminant par deux bustes de tigres prodigieux, toisant de leurs prunelles topaze les intrus en laissant paraitre une inquiétante dentition. Par une savante illusion d'optique, ils semblaient suivre du regard les moindres mouvements. La façade de pierre grise était austère, percée symétriquement, de chaque côté de la lourde porte à double battants, de cinq fenêtres au rez-de-chaussée et autant à l'étage. De petits frontons surplombaient chacune d'elle et présentaient des monstres imaginaires et des signes inconnus que les saisons et les intempéries avaient patinés, mais qui devaient sembler jaillir de la maison lorsqu'ils furent apposés.

-   Il te reste à imaginer l'impression de cette bâtisse sur le paysan ou le

10

bucheron venant rendre compte de son fermage au propriétaire il y a deux siècles, avec deux ou trois dogues allemands en liberté, dit Pierre.

- Cette maison est étrange, presque dérangeante. Heureusement, j'avais vu les photos et tu es là.

- Ne t'inquiète pas, les travaux ne sont pas encore complètement finis, mais elle sera très confortable.

Ils entrèrent. Le large couloir allant se perdre à l'opposé sur une grande terrasse accessible par une jolie porte de petits carreaux en vitrail à dominante carmin, desservait à sa droite un beau salon, une grande salle à manger et une cuisine, et à sa gauche une vaste salle de réception se prolongeant par un boudoir, et une salle de billard. Comme l'avait fait son oncle, Pierre, dans la restauration des lieux, souhaita garder un maximum d'éléments d'origine. Ainsi les plafonds à l'italienne étaient conservés, et, contre toute logique face au temps, leurs peintures fantasques n'avaient étrangement pas perdu de leur luisant. Les diablotins, les hommes-bêtes, les bûchers faisant le décor avaient encore leurs teintes rouge vif, ocres, nacrées ou encore azur pour les cieux. Mais pour ce qui était des murs, autrefois couverts de peintures ou de papiers peints, trop abimés, il avait fallu tous les retapisser à l'exception de celui de la salle de billard qui présentait au milieu de boiseries vert amande une scène de chasse des plus intrigante. On n'y chassait pas le cerf mais visiblement des sortes de gargouilles ; à moins que ce ne soit plutôt ces bêtes étranges qui chassaient des hommes semblant peiner sous l'effort dans une forêt dense et piégeuse. Dans ce vaste tableau, tout était si bien emmêlé qu'il était difficile d'être affirmatif ; par un hasard du sort son état était cependant bien plus qu'acceptable, et Pierre souhaitait le garder. Même s'il n'en comprenait pas les clés, il ressentait une sorte de fascination, un appel à glisser dans cette nature imaginaire.

- Quelles étranges figures ! J'aurais vu quelque chose de plus moderne

et nous ressemblant, suggéra Amandine
-   Non, ici c'est un lieu hors du temps pour rompre avec nos habitudes de parisiens ! répondit-il presque abruptement. Il n'arrivait pas à exprimer l'impression que lui laisser cette œuvre, tant il voulait la garder pour lui seul, que par crainte de quelques moqueries.

Cette intonation étonna un instant la jeune femme, qui hocha la tête, puis oublia,et poursuivit la visite. Elle fut ravie de voir que la cuisine, bien plus sobre, avait subi une rénovation complète. Mobilier intégré, électroménager de grandes marques des plus novatrices, larges plans de travail, nombreux rangements, rendaient cette pièce chaleureuse et confortable pour y préparer les meilleurs plats et, pourquoi pas, préférer même y passer les repas, l'ilot central et ses tabourets le permettant amplement.

-   Quelle merveille ! Je vais pouvoir cuisiner encore mieux que chez nous !

- Tu vois, il y a des touches de modernité, sourit-il. Et je n'ai pas lésiné pour nous faire plaisir, tu sais combien suis un grand gourmand.
- Oh oui, et nous allons être bien installés. Elle le saisit et l'embrassa goulument. Maintenant viens vite, montre-moi notre chambre, dit-elle malicieusement en lui prenant la main.

Un petit dégagement dans le couloir permettait d'accéder à l'escalier menant à l'étage, et d'y retrouver toujours avec un souci de symétrie parfaite un autre couloir desservant en tout cinq chambres, un bureau, une bibliothèque et un petit salon qui servit peut-être de cabinet de curiosités au siècle passé. Du moins Pierre ayant retrouvé çà et là divers objets insolites, l'avait imaginé ainsi.

Chaque chambre possédait son cabinet de toilette. Mais à l'étage, seule leur chambre avait été complètement restaurée ; il y avait d'ailleurs fait adjoindre une belle salle de bain avec baignoire et douche à l'italienne. Les plafonds, voulus moins fastueux, étaient à la française, mais chaque poutre laissait encore apparaitre des marques de peintures anciennes, entrelacs de plantes, de formes géométriques dorées ou sang, et l'on sentait une recherche de richesse, de respectabilité. Une grande cheminée mangeait une partie du mur du fond. Magnifiquement ouvragée, elle reprenait des motifs du rez-de-chaussée, notamment des têtes de bouc et des brasiers et au milieu du linteau deux lettre, un D et un L, s'entremêlant.

- Nous n'avons jamais su à qui correspondent ces lettres. Du moins à aucun des propriétaires, dit Pierre.
- Ah bon ? Un mystère alors ?
- Oui, peut-être une ancienne maitresse... Un domaine comme ça, permet et oblige même à ce genre de relation, tu sais. Il faudra que je tienne mon rang, badina-t-il.
- Que je ne t'y prenne pas, les temps ont changé ! Le gronda-t-elle en

riant. En attendant, il faut tester ce nouveau lit que tu as fait livrer.

Elle le renversa dessus et déboutonna sa chemise fougueusement. Et ne pensant plus qu'au plaisir, ils passèrent la fin de l'après-midi à faire l'amour.

La soirée fut très calme, le silence régnait et tous deux prirent un livre et s'installèrent confortablement dans les fauteuils en cuir du salon, lui un verre de whisky à la main et elle une verveine, avant de s'en aller dormir heureux de ce début de vacances. Ils devaient passer un mois ici, à veiller au bon avancement des travaux et aux améliorations qu'ils pourraient faire réaliser dans la propriété, et surtout à se délasser loin du stress de la métropole, en une retraite volontaire.

Après deux jours à déambuler dans le parc et la demeure, à échafauder des projets, faire des calculs, rêver amoureusement en se promettant des années de bonheur dans ce refuge campagnard, Pierre eut envie de découvrir les environs pendant qu'Amandine profitait d'une chaise longue pour faire une sieste à l'ombre d'une petite pergola en acajou plantée dans le parc.

Il prit donc l'allée menant vers les bois et ayant passé le portail, il s'engagea dans un chemin qui lui semblait relativement bien entretenu, tout heureux de cette liberté en se remémorant combien son oncle lui interdisait formellement de sortir du parc, et même bien souvent de ne plus être dans son champ de vision.

- Comme les adultes peuvent s'inquiéter facilement, pensa-t-il en souriant, cette forêt est d'un calme. Et il n'y a plus de loup depuis longtemps.

Il marcha ainsi un bon kilomètre, enjambant parfois quelques ronces, se méfiant des massifs de fougères propices à accueillir les serpents. Le feuillage des hêtres et des chênes offrait un doux cocon contre les ardeurs déjà vives du soleil. L'œil aux aguets, il fouillait du regard la futaie, espérant y voir quelques animaux, mais en vain. Il entendait bien dans les cimes les piaillements d'une foule d'oiseaux variés qui après un hiver rude revenaient à la vie, mais au sol, rien, pas un seul mouvement. Il était un peu déçu lorsqu'il déboucha sur une petite route mal goudronnée, perpendiculaire au sentier, qui semblait à l'infini dérouler son ton grisâtre dans cette vaste forêt. Il opta sans réfléchir pour aller à gauche, décidé à poursuivre malgré tout l'exploration de ce "nouveau continent", comme il se plaisait à imaginer cette aventure. Ses jambes le portèrent une longue demi-heure, mais rien d'autre que des arbres, petits, grands, tordus, plantés parmi des géants tutoyant les cieux, naissant dans ce paysage si infiniment semblable que, sans cette petite voie de bitume le reliant au monde, il se serait perdu. Quand, tout à coup, il vit une jeune cycliste ! Débouchant sans doute d'une allée de traverse cachée dans ce décor, elle prenait la route en sens inverse et s'arrêta à son niveau, comme étonnée de le voir là, et lui aussi montra un instant de gêne alors qu'elle rompait son rêve d'aventurier solitaire, puis il se reprit.

- Bonjour Mademoiselle, ... la journée est agréable pour se promener.
- Bonjour, vous êtes perdu ? Dit-elle franchement.
- Non, mais cette forêt est très grande. Sommes-nous loin d'un village ?
- Non, à 5 kilomètres de Vilfroid
- Je ne connais pas
- Vous n'êtes donc pas d'ici. C'est vrai que je ne vous ai jamais vu.

Sûre d'elle, répondant vivement tout en étant très souriante, quoique déconcertante, cette fille avait bien du charme.

- Je suis le nouveau propriétaire du Manoir des Terres Rouges, peut-être connaissez-vous ?
- Je connais bien ! Je suis souvent allée me promener dans le parc
- Il est resté vide longtemps.
- Je n'ai vu que le parc. Personne ici n'aurait osé toucher les lourdes portes et entrer dans la maison.
- J'espère, elle était sous alarme, dit-il en riant
- Vous découvrez donc le coin ?
- Oui, j'explore, je fouine, je profite de la nature.
- Chez nous c'est encore très sauvage.
- C'est ce qui m'a plu. Vous connaissez très bien la région je suppose. Vous connaissez aussi son histoire ?
- Oui, ma famille habite en lisière de forêt depuis des générations
- Peut-être seriez-vous capable de me dire d'où vient le nom du manoir ?
- Le site est ancien, personne ne sait trop d'où vient ce nom, mais il

parait qu'il y a eu il y a très longtemps de sombres histoires. Je n'en sais pas plus.

- Tiens, ça alors ! Il faudra que je cherche, dit-il pensif.

Il regarda sa montre machinalement et s'aperçut de l'heure déjà tardive.

- Bien je vous remercie, je vais rentrer car je n'ai pas vu le temps passer.
- De rien, Monsieur.
- Peut-être nous croiserons nous encore, et si vous passez près du Manoir, arrêtez-vous pour me parler un peu de ce pays, dit-il sans réfléchir et sans penser à Amandine.

Il faut dire que cette jeune femme, à laquelle il attribuait 18 ou 19 ans était véritablement ravissante en présentant des proportions très féminines qui ne laissaient pas un homme indifférent. Ses joues de nacres prenaient une teinte chatoyante sous l'effort, ses longs cheveux roux se déroulaient sur ses épaules, laissant percevoir par petits jours les fines bretelles retenant sa robe, son décolleté montrait le haut de sa poitrine au galbe généreux tout en restant en parfaite harmonie avec sa grande taille, et en dessous la pointe marquée des tétons attestait sans peine qu'elle ne portait pas de soutien-gorge pour cacher ces jeunes dunes albâtres, qu'il devinait rondes, fermes, rayonnantes sous le soleil - il en imaginait le grain doux comme le plus fin de ces sables que l'on joue à prendre et laisser glisser entre ses doigts - et surmontées d'un petit toit rose et frais. Il en fut troublé, alors que son regard s'attardait à la détailler.

- Merci, je n'y manquerais pas répondit elle avec un sourire enjôleur en enfourchant son vélo et en s'éloignant.

Il secoua la tête afin de retrouver toute sa lucidité, étonné encore de cette rencontre si impromptue et perturbé par ses pensées. Prenant la route du retour, il s'aperçut alors qu'il avait fait un long trajet et il rentra en toute fin d'après-midi. Amandine s'inquiétait déjà de son absence, il lui raconta alors son périple en omettant de dire combien la jeune fille à vélo était belle, mais en se promettant d'essayer de la revoir.

Il ne fut pas très à l'écoute de son amoureuse durant la soirée, plongé dans diverses rêveries, supputations et questionnements concernant cette région qui l'intriguait et cette subite rencontre.

Cette nuit-là, son sommeil fut agréablement perturbé par des songes dans lesquels seul le visage adorable de cette sylphide apparut, comme de brefs instants de vie qu'il aurait aimé faire durer sans jamais pouvoir les saisir. Et au matin, tout encore aux prises avec son imagination, il traina d'un fauteuil à l'autre, plongée dans un silence mélancolique. Amandine n'y vit cependant pas de malice, et profita de la douceur du temps pour reprendre sa séance de farniente dans le parc. Les deux jours suivants, se déroulèrent dans cette atmosphère molle et cotonneuse, entre discussions sans fond et nécessaires visites des magasins d'alimentation. Les livres donnèrent l'excuse nécessaire au reste du temps pour se complaire dans la solitude sans que cela ne paraisse cruel.

Pierre n'arrivait pas à sortir de son esprit cet instant de rencontre en forêt, cela l'obsédait complètement. Il finit donc par décider de retourner sur cette route en espérant la revoir, en scruter les défauts, s'en donner une vision moins agréable pour pouvoir l'oublier. Cependant, reprenant le chemin à travers bois et débouchant sur la petite route, il n'avait pas fait 100 mètres qu'il la vit arriver au loin, juchée sur son vélo. Elle était malheureusement resplendissante et plus elle approchait, plus il distinguait les traits fins de son visage, sa peau tendre, lisse, rougie sur de jolies joues bombées, comme une pêche ne demandant qu'à être croquée, plus il sentait son cœur battre. Elle semblait voler vers lui et elle s'arrêta à ses pieds. Sans aucune timidité, et à sa grande surprise, elle lui embrassa la joue puis lança un joyeux bonjour plein d'une sorte de complicité. Surpris et, contre toutes ses bonnes résolutions, en même temps ravi, il marqua un instant de trouble avant de répondre à son bonjour.

- Que faites-vous ici ?
- Je me promène. Vous m'aviez proposé de venir voir le parc.
- Oui, bien sûr, maintenant qu'il est entretenu, vous allez le trouver changé.
- J'aimais m'y rendre, je l'imaginais avec un comte, une comtesse...
- Je ne suis pas comte, mais allons visiter ce parc. Au fait quel est votre prénom ?
- Julie
- Enchanté Julie, moi c'est Pierre, ce sera plus simple de nous appeler par nos prénoms, puisque nous sommes en quelque sorte voisins. Et puis nous pourrions nous tutoyer, c'est plus amical ...

Il brulait d'envie de poser sa main sur la sienne, mais l'effort qu'il venait de faire par ces propositions qui lui parurent déjà suffisamment effrontées, retint son geste tant pour lui laisser le temps de reprendre son souffle, que par crainte d'aller trop rapidement et de paraitre entreprenant.

Après avoir traversé la forêt en devisant de tout et de rien, ils passèrent la grille, ses pas au rythme des siens, se frôlant presque, avec un rapprochement perceptible, un accord confondant. Se rappelant alors que sa compagne pouvait être aussi dans le jardin, il fit un bon maladroit de côté et se mit à parler vivement des massifs déjà plantés et de ceux à venir, le long de l'allée menant à la maison.

Amandine était en effet allongée dans un transat, au milieu d'une des pelouses fraichement tondues et profitait d'un soleil particulièrement généreux. Il lui fit un grand signe de la main, qu'elle aperçut malgré son chapeau baissé sur ses yeux.

Elle se releva un peu, remontant son décolleté à la vue de la jeune fille suivant Pierre d'assez près.

- Amandine, je te présente Julie. Elle habite un peu plus loin, et elle connait bien cette maison où elle venait jouer quand personne ne l'habitait.
- Bonjour, Julie. Elle eut un moment d'hésitation, ne comprenant pas ce que cette jeune fille faisait ici.
- Je lui ai proposé de lui montrer le parc que nous réalisons. J'espère que cela ne te dérange pas ?

Gênée par cette intrusion surprise, Pierre sentit un regard de défiance vite masqué par un acquiescement presque trop marqué pour ne pas y voir de désagrément quand on la connaissait intimement, cependant Julie ne le perçut sans doute pas puisqu'elle s'exclama vivement :

- Merci Madame !
- Je vous accompagne, dit-elle rapidement.

Ainsi, ils partirent tous les trois, en un étrange trio, donnant une impression de malaise. Pierre marchait trop près de Julie et éloignait volontairement ses pas de ceux d'Amandine qui tentait de presser le rythme et de ne pas s'attarder en discussions et exclamations à chaque corbeille de fleurs ou bouquet d'arbustes, alors que Julie flânait volontairement, demandant toujours plus d'explications, se penchant parfois un peu plus que de raison pour laisser s'entrouvrir le décolleté de sa robe de mousseline. Elle avait les moyens de faire chavirer plus d'un cœur et paraissait prendre un malin plaisir à jouer ainsi avec les regards à la dérobade de notre trentenaire, en ayant suffisamment de finesse d'esprit pour ne pas laisser la maîtresse des lieux percevoir son manège. Pierre aurait aimé que cette balade dure des heures, tout en maudissant la présence d'Amandine qui gâchait son plaisir à double titre, tant cette marche était forcée alors qu'il aurait été bien plus agréable de s'assoir dans l'herbe fraiche pour discuter, que parce qu'il souhaitait être seul avec Julie. Amandine menait sa troupe en sentant bien qu'il lui devenait difficile de feindre son agacement, et ils n'allèrent ni jusqu'aux grands peupliers, ni jusqu'à l'étang. N'ayant plus un regard pour sa compagne, et par envie de poursuivre ce moment bien plus que par convenance, il proposa un verre d'orangeade pour se rafraichir, certain qu'Amandine chercherait ce qu'il fallait en cuisine, car elle ne ferait pas l'impaire de passer pour femme sans savoir-vivre. Cela allait leur laisser une poignée de minutes en tête-à-tête. Rappelant qu'il se faisait tard, afin d'écourter le plus possible cette visite, Amandine s'exécuta en effet. Ils s'assirent autour de la table de jardin.

- Très jolie ton jardin, Pierre.
- Merci, tu es charmante.
- Mais tu avais aussi un peu l'esprit ailleurs, comme moi.

Dans un léger mouvement, elle frôla sa main, il imagina un instant la saisir et se ravisa. Elle avait étendu ses jambes sur une autre chaise, le laissant songeur une fois de plus. Puis elle rompit le silence.

- J'aime me promener avec toi, et j'espère que nous nous reverrons très vite. Tu me monteras ta maison la prochaine fois.

Elle sourit en tirant un peu sur sa robe afin de dévoiler un peu plus le haut de ses seins, en sachant qu'il la regardait avec une réelle gourmandise.

- Oui, bien sûr, nous nous reverrons, souffla-t-il rapidement, troublé par ce geste la dévoilant.
- Je vais souvent dans la forêt, là où nous avons fait connaissance, répondit-elle doucement

Déjà Amandine passait le seuil de la porte et revenait avec un plateau chargé de verres et de boissons. Julie se redressa, et s'écarta un peu de Pierre.

- Vous avez pu voir comme nous travaillons à restaurer le lieu, Julie, déclara Amandine, qui pour ne pas paraître impolie décida d'engager quelques mots de conversation tout en faisant le service. Vous avez dû trouver le parc bien changé sans toutes ces ronces, ces herbes folles et les petits arbres qui poussaient partout.

- C'est ravissant, Madame, on croirait presque le jardin de Monsieur, avant qu'il ne quitte le domaine.
- Vous le connaissiez donc ?
- Je l'apercevais de temps en temps, mais il ne parlait plus à personne depuis quelques années. Certains au village disaient qu'il avait perdu la tête. Il sortait parfois, regardait ses roses, leur parlait et puis il rentrait rapidement en claquant la lourde porte de votre maison. Mais personne ne savait ce qu'il faisait chez lui, il était déjà âgé alors je suppose qu'il se reposait.
- Oui, je pense aussi, dit Pierre, la voix affectée par le souvenir de son oncle.

Puis après avoir échangé quelques souvenirs et banalités sur la région, Julie prit congé en remerciant chaleureusement le jeune couple et s'éclipsa rapidement.

Après ce départ, ils se regardèrent et échangèrent un compliment sur la beauté de cette fille puis le silence se fit, long, lourd sans être oppressant, mais présent comme une évidence parfaitement naturelle, une première faille s'ouvrant inéluctablement entre deux cœurs qui n'en percevaient encore ni la puissance, ni la dangerosité. Il sentait l'insolente hardiesse de Julie le saisir, dévoilant un a un tous ses charmes juste pour le plaisir de le contenter, et se disait qu'il manquait là l'occasion de vivre ce qu'il n'avait osé qu'en rêve. Non que sa compagne ne possédât pas les qualités requises, tant au lit, que dans les activités quotidiennes, pour être aimée, mais d'un amour qu'il jugeât dès ce moment sans passion – quoique ces derniers jours lui eussent prouvé le contraire s'il avait su s'en rappeler – et il n'en percevait, dès lors, plus que la froideur de la raison d'un homme qui se contentait de la sagesse, gage communément admis pour une promesse de durée. Or, cette sagesse n'était qu'un vide, un creux pour une vie trop bien réglée absorbant comme un buvard le risque, la découverte, la conquête, l'impétuosité des passions. Qu'il puisse faire les mêmes gestes avec l'une n'avait certainement pas le même goût, la même folie du corps, le même tumulte du cœur qu'avec l'autre, et, dans les rêveries qui embrumaient son esprit, il se sentait tantôt flétri, recroquevillé jusqu'à la mort, tantôt audacieux et prêt à tout risquer pour un instant de plaisir où tout son être eu pu vibrer jusqu'à rompre. Il passait mentalement d'un visage à l'autre, et ainsi d'une tendre tristesse à un désir débordant, d'une fade envie qui n'en était déjà plus une, à une ardeur des sens exacerbée par le rose frais d'un teint baigné d'audace.

Amandine, qui ne possédait pas la sensibilité psychologique suffisante pour décrypter les rouages subtils des dérives et des intrigues amoureuses - c'était là une marque de sa gentillesse et son honnêteté - crut à un moment de fatigue de la part de son compagnon et le laissa assis dans ce jardin jusqu'à l'heure du diner, qui fut fort simple, avant de gagner le boudoir.

Pierre ne disait rien ce soir, il prit machinalement un livre en cours de lecture et tenta de se plonger dedans, mais sans succès. Rien ne l'intéressait plus que de repasser en boucle les souvenirs qu'il avait de Julie, malgré ses vaines tentatives pour tenter de trouver un moyen de distraction. Aux questions usuelles d'Amandine, il répondait sans force par un vague oui ou non, si bien que la discussion était tout simplement impossible. Un peu déroutée, elle s'évertua alors à résoudre quelques mots-croisés, observant d'un air intrigué son compagnon. Et se faisant, elle ressentit une impression étrange, les plafonds semblaient plus bas, les peintures plus vives ou plus luisantes presque comme si par endroit elles avaient bougé. Un petit diable lui parut prêt à bondir sur le plancher à la moindre inattention. L'air inhabituellement chaud lui donnait mal à la tête, mais Pierre n'avait pas l'air d'en souffrir, ni même de le comprendre. Prise de quelques sourdes inquiétudes, elle n'osait ouvrir les fenêtres, et lasse de cette atmosphère, elle partit se coucher, Pierre resta là encore un bon moment à rêvasser.

L'air était chaud et pesant aussi dans la chambre, quand Pierre se résolut à monter, mais malgré la courte nuisette de sa compagne, Pierre n'eut aucune envie de la caresser, il trouva même le lit un peu étroit, alors qu'il aurait préféré la solitude pour se donner à ses songes sans sentir personne d'autre à ses côtés. Julie obsédait désormais ses pensées. Il embrassa Amandine machinalement, un peu plus rapidement que d'habitude. Elle ne dormait pas. Silencieuse et ne bougeant pas, elle avait bien du mal à trouver le sommeil, un peu décontenancée et sentant vaguement que quelque chose lui échappait, des voix lui revenaient, des rires moqueurs s'emmêlaient, le trouble perturbait son repos, mais sa confiance en son ami l'empêchait d'aller au fond de ses pensées et de dénouer l'intrigue qui se mettait en place, bien qu'elle ait déjà connu des échecs, et ait donc appris à comprendre ce qu'elle aimait et attendait dans une relation amoureuse. Mais, quoiqu'elle pensait avoir été vigilante, croyant avoir pris le temps nécessaire à bâtir un avenir commun, elle avait bien vite relégué la prudence acquise au travers de ses anciennes histoires dans les tréfonds de son âme. Cette confiance, Pierre l'avait gagné facilement en se montrant toujours prévenant, aimable, d'humeur joyeuse. Elle s'était laissé aller à ces attentions, se contentant de la surface des sentiments ; leur apparente sincérité et leur durée lui suffisaient. Elle n'avait pas la force, ni même l'envie de sonder un cœur auquel elle voulait croire. Elle avait besoin de simplicité et cette simplicité l'engageait à se donner toute à lui, sans jamais douter. Alors, mécaniquement, elle étouffa ces quelques appréhensions nocturnes.

Pierre avait pris le temps de réfléchir durant la nuit, il s'était donné à de nombreuses hypothèses, avait calculé les possibilités et les dangers de chacune d'entre-elles, et avait résolu d'avoir une aventure avec Julie sans perdre Amandine. Pour cela, il lui fallait être patient, et rester attentif à la satisfaire aussi, lui consacrer un peu de temps, même si cela demandait un effort. Or, il s'avérait qu'aujourd'hui il avait été question d'aller jusqu'à la jardinerie de

Fonterre afin de compléter quelques massifs de rosiers, ce fut donc gaiement qu'il proposa cette sortie dès le matin, presque impatiemment et avec un tel entrain qu'il fit oublier dès cet instant son attitude distante de la veille. La journée fut exquise, il joua son rôle à la perfection, l'invitant à déjeuner dans l'un des meilleurs restaurants de la région et consacrant la fin de l'après-midi à lire à ses côtés en sirotant un thé à la menthe. Mais intérieurement, il comptait nerveusement les heures qui le séparaient d'une nouvelle journée et ne cessait d'échafauder des stratagèmes pour fuir un moment ce qui était devenu une prison dorée. Il lui fallait des trésors de grimaces et de faux-semblants pour sourire et rester aussi aimable, il espérait juste qu'elle ne lui propose pas en plus de faire l'amour, car ce n'est pas à elle qu'il penserait alors. La soirée s'étalait à n'en plus finir, sans trouver le sommeil, et c'est finalement seul qu'il l'acheva dans un verre de whisky.

Deux jours passèrent, sans qu'il n'ose quitter le périmètre du parc, il veillait à rester à portée de regard ou de voix d'Amandine, et n'avait toujours pas trouver une excuse valable pour s'évader quelques heures. Cependant, un coup du hasard vint l'aider alors même que cette attente commençait à aigrir visiblement son caractère surjoué d'un bonheur factice. Amandine était rappelée à son bureau, un contrat important nécessitait son attention immédiate, et cela lui imposait un bref aller-retour à Paris. C'était une chance extraordinaire car il allait avoir presque deux jours complètement libres. Le lendemain, après l'avoir accompagnée à la gare de Montfort, il retrouva son sourire de jeune homme et ce léger pincement au cœur des premiers rendez-vous, mêlant à la fois excitation et angoisse, alors pour éviter de renoncer il lança sa voiture à pleine vitesse, enchainant lignes droites et virages qui le menaient sur cette petite route forestière où il avait croisé Julie. La forêt s'épaississait, il était seul et il ralentit en arrivant là où il avait fait cette rencontre qu'il n'arrivait plus à oublier. C'était un coup de poker, sans certitude de la revoir, et pour trahir ces premiers instants de crainte et de désenchantement il se dit que finalement ne pas la voir serait bien heureux car il n'aurait pas la tentation, le geste, de tromper sa compagne. Cependant, il se mis à rouler au pas, mais personne n'était là, et la nervosité le gagnait. Quel dilemme ! Que faire ? Il se gara, sorti, et se mis à marcher, faisant de larges allers-retours pour passer le temps, guettant les minutes qui lentement s'enchaînaient, arrachant çà et là nerveusement une branchette avant de la jeter sur la route. L'air était doux, mais Il n'avait aucune envie de se promener et ne quittait guère un périmètre de plus d'une cinquantaine de pas autour de sa voiture, se demandant si partir ne le priverait pas de cette rencontre ou s'il perdait son temps en restant ici. Mais l'attente piquait sa curiosité, et ne faisait qu'aiguiser son désir et entrainer ses pensées vers mille scenarios de romance et de passion, le poussant à attendre toujours un peu plus. Quand, soudain, par un sortilège qu'il ne saurait expliquer, il la vit, sortie de nulle part, débouchant sur la petite route et menant son vélo d'une allure vive et décidée en le guidant droit vers lui.

- Bonjour Pierre, je suis ravie de te voir, mais que fais-tu ici ? Es-tu en panne ?
- Bonjour, dit Pierre en essayant de marquer un étonnement et de cacher son sourire en détournant un peu la tête.

Il avait du mal à ne pas bégayer.

- Euh…non, je faisais quelques pas pour me détendre après une longue promenade en voiture pour explorer un peu le coin.
- Tu es seul ? Tu as un peu de temps alors ?
- Oui, je suis seul, Amandine est rentrée à Paris pour deux jours, elle doit assister à une réunion là-bas.
- Mais alors je peux t'accompagner un peu ? J'aime bien discuter avec toi et je t'ai attendu ces derniers jours.
- Je n'ai pas pu me libérer, excuse-moi. Accompagne-moi, si tu veux. Mais nous pourrions

peut-être aller jusqu'à la maison, je ne suis pas bien équipé pour marcher dans la forêt avec mes chaussures de ville. Qu'en penses-tu ? Tu as le temps aussi ?

- Oui, c'est une bonne idée, mais mon vélo ?

- Je vais le mettre dans le coffre, je devrais réussir à le faire tenir.

Il prit vivement le vélo, et le manipula jusqu'à ce qu'il soit presque complètement rentré.

- Voilà, nous roulerons lentement, le coffre ouvert, il n'y a que quelques kilomètres.

Mais avant même que le vélo soit correctement placé, Julie s'était installée sur le siège passager en remontant insidieusement sa robe au-dessus de son genou le plus proche du conducteur, à la manière d'une charmante intrigante cherchant à séduire avec une fausse naïveté. Elle connaissait bien les effets de ses courbes harmonieuses, du teint rose de sa peau, fraiche, jeune, qui donnait envie d'en goûter le velouté, de sa voie légère, chantante et gaie comme le filet d'eau claire d'une source. Elle voulait Pierre, et elle savait qu'elle y arriverait.

Pierre ne put s'empêcher de remarquer la pose de la jeune fille, il en était déconcentré et eut un instant d'hésitation en remettant le contact. Que devait-il faire ? Pourquoi était-elle comme ça ? Cette jeune ingénue ne demandait sûrement qu'à passer un peu de temps à discuter, et cette robe avait involontairement pris cette position la laissant être un peu plus dévoilée sans qu'elle y porte attention. Il reprit ses esprits et chercha vainement un sujet de discussion banal.

- Cette voiture est confortable, es-tu bien installée ?
- Oui, merci. Tu vois, je suis bien ici. Tu as une voiture très confortable.

Elle afficha un large sourire en passant sans en avoir l'air la main sur sa cuisse, relevant encore un peu sa jupe, dans un geste qu'elle contrôlait parfaitement afin ne pas paraitre impudique pour autant. Puis d'un geste un peu plus vif elle frôla la main de Pierre qui était posée sur le levier de vitesse. Décontenancé, mille questions surchargeaient son esprit. Il ne roulait pas vite, mais fit un léger écart et ralentit encore sa vitesse. A son tour, laissant penser à un faux mouvement, il effleura son genou, elle sourit se calant un peu plus dans le siège en rapprochant encore un peu sa jambe du centre du véhicule, faisant ainsi que, la main sur le pommeau, Pierre ne pouvait éviter de sentir sa cuisse imprimer une légère pression contre ses doigts. Intentionnellement, il effleura à nouveau Julie, mais plus lentement, laissant glisser ses doigts sur cette parcelle de chair dénudée, dans un geste caressant et timide.

- J'aime être près de toi, dit-elle dans un souffle, en saisissant vivement sa main. Elle la tint un instant contre sa poitrine, avant de la guider jusqu'à cette jambe presque nue, où elle la laissa atterrir et s'ancrer.

- Tu es très gentille, lui répondit-il, ne sachant quel autre compliment pas trop gênant il pourrait lui faire.
- Tu as la main très douce, laisse-la sur moi.

Il était surpris de la maturité que développait cette jeune fille, qu'il pensait tout juste majeure, sans même en être complètement sûr. Elle semblait décidée, et il s'embarquait dans une aventure pour laquelle il savait implicitement qu'il n'était déjà plus maître de sa raison qui, sinon, l'aurait poussé à renoncer par crainte des conséquences. Elle était enchanteresse, ou diabolique, mais qu'importe, il se laissait prendre à la magie de ces instants en espérant que le temps s'arrête et le laisse en profiter jusqu'à en avoir découvert tous les plaisirs. Il sentait sa tête s'incliner doucement sur son épaule et sa main se poser sur la sienne le menant ainsi à réaliser de lentes caresses de moins en moins chastes.

Les quelques kilomètres avaient été grignotés sans même qu'ils aient eu le temps de s'en apercevoir, et en arrivant dans la cour il n'avait que l'obsession de faire durer ces minutes de bonheur. Il devait prendre les devants, proposer, l'entrainer avec lui. Alors, quel que soit le risque, il était résolu à la faire entrer, lui faire visiter la maison et qu'elle y prenne ses aises sans modération.

-   Nous voilà arrivés, rentrons prendre un verre, tu pourras visiter cette maison ainsi.
-   Oh oui, je veux voir l'intérieur. Et puis, cette route m'a donné soif.

Il lui prit la main pour l'emmener vers le seuil, et dans un bref mouvement, elle en profita pour lui voler un baiser qu'il ne lui refusa pas et qui ne fit qu'accroitre son empressement à la faire entrer dans la demeure. Ils échangèrent un nouveau long baiser sur le seuil, elle avait la saveur d'une pomme Reinette ; ses lèvres rouges, rafraichissantes et sucrées, soyeuses comme les étoffes d'Orient, l'attiraient dans ce conte enivrant où il se serait volontiers perdu mille et une nuits. Un courant d'air chaud, envoutant, semblait s'engouffrer et les pousser vers le salon qu'il eut la surprise de trouver plus sombre qu'à l'accoutumé, alors que les dessins des caissons semblaient ressortir plus nettement encore, prenant presque vie dans une atmosphère ouatée, cotonneuse, invitant à se laisser aller, à se lover dans le confortable canapé, protégés par un bestiaire mutin et bienveillant qui par mille petits yeux semblait indiquer être le gardien des secrets de cette alcôve. Julie s'assit tout contre lui, et ils s'embrassèrent longuement pendant que d'un geste souple elle laisser glisser sa robe à terre, découvrant ses seins orgueilleux, se tenant bien droits et pointant vers Pierre en divine tentation à laquelle il succomba aussitôt, et sans la moindre précaution, sans aucune gêne, ils firent l'amour longuement, mêlant leur corps jusqu'à l'épuisement. Il était conquis, vaincu, sans résistance dans les mains jeunes et pourtant expertes de Julie. Tout le portait au désir, et du désir, à la passion. Mais comment avait-elle pu avoir si rapidement une telle emprise et cet art de le rendre fou de plaisir ?

Le temps passait, et Julie se redressa, se leva ; elle avait soif, il se faisait tard. L'atmosphère de la pièce changea d'un coup, retrouvant une fraicheur et sa luminosité naturelle, les évocations fantastiques semblaient s'assagir, rentrant dans le plafond, se fondant dans le décor des entrelacs de feuillages.

- M'offriras-tu un verre ? dit-elle avec malice
- Oui, tu as raison, il est temps de boire un coup, allons jusque dans la cuisine. Un jus d'orange, un sirop de menthe, un chablis bien frais ? Répondit-il, alors que tous deux se rhabillaient.

Comme elle était jolie, le teint encore rouge de leurs ébats, les cheveux en désordre et le sourire ravi de jouissance accomplie. Il pensa vaguement à la longue soirée solitaire qui l'attendait, ce qui le mena à Amandine, qu'il chassa d'un geste de la main. Non, vraiment, elle ne lui donnait plus, et peut-être même ne l'avait-elle jamais fait, cette intensité de luxure. Il redoutait à présent l'appel téléphonique qu'elle ne manquerait pas de lui faire ce soir, non par crainte qu'il doive lui mentir ou qu'elle découvre cette aventure, mais le ton même de sa voix l'agacerait, le lasserait, et le ramènerait vers une réalité qu'il voulait à présent fuir. Oh, il aurait voulu saisir cette jeune fille, la garder près de lui, la caresser toute la nuit, et demain encore !

- Donne-moi un jus d'orange, et ensuite, il faudra que je parte.
- Veux-tu que je te raccompagne en voiture ?
- Non, ne te dérange pas, et j'ai envie de rentrer tranquillement, mon chéri.

Ce petit mot, dit avec une tendresse d'amante, mis son cœur en émoi.

- Mais quand te reverrai-je ma belle Julie ? Implora-t-il
- Dès demain, si tu le veux.

- Oui alors le matin, tu viendras ici ? L'après-midi je dois aller à la gare, malheureusement.

Le dépit se ressentait bien dans sa voix et il aurait volontiers abandonné Amandine, au moins quelques jours, pour profiter de cette nouvelle liberté.

- Pierre, dis-moi que si je viens demain, nous continuerons à nous voir après, tu trouveras des solutions, lâcha-t-elle, comme meurtrie, affaiblie, par le retour d'Amandine et l'attachement que Pierre semblait encore lui porter.
- Mais bien sûr, rassure-toi, je veux te voir chaque jour, passer des heures à faire l'amour et discuter, dit-il d'un air rassurant, presque paternel, en mettant sur le compte de la jeunesse la flamme dont faisait preuve cette petite. Il en souriait et en savourait un réel plaisir ; elle était attachée à lui, il ne la perdrait pas.
- Il faut me le promettre.
- C'est promis.

Alors, il l'enlaça tendrement, l'embrassa, et la laissa filer en lui lançant un vif et clair "A demain, ma petite chérie" ; et il la regarda s'éloigner sur son vélo, franchir la grille, un pincement cœur, en se retournant et en rentrant dans sa maison.

Tout était devenu fade, le canapé des ébats n'avait pas même conservé la trace de leurs corps complices dans l'ivresse des baisers. Tout au plus restait-il, peut-être, de-ci-de-là, un cheveu, une petite tâche, un pli microscopique du cuir. Mais rien de bien tangible, rien de cette fusion effrénée, rien de suffisant pour le rassurer et apaiser son désir d'être encore avec elle. La solitude s'était abattue, froide, cruelle, vidant les pièces et les âmes, ruinant les rêveries heureuses, prolongeant chaque seconde de ce supplice indéfiniment. L'heure était figée, aussi prisonnière que ses pensées, engluées dans une sourde tristesse. Il allait d'un meuble à l'autre, tripotait un bibelot, un livre, tournant mécaniquement les pages d'une de ces revues féminines suant la pesanteur et l'ennui d'un couple trop établi où des stars et des mots fléchés ont pris la place des rires et des étreintes des premiers jours. Il finit par s'assoir face à la fenêtre et regarda venir le soir, la variation des oranges s'effondrant dans les bois, les bleus ardoises croissant et dévoilant le disque d'argent qui allait, pour quelques heures, agiter la vie mystérieuse qui se cachait dans les fourrés et les hautes herbes, rendant cette grande demeure plus énigmatique encore. Ses gardiens de pierre lui paraissaient froncer les babines et agiter la tête à mesure que le toit étoilé du monde gagnait en intensité, prêts à partir en chasse à travers le parc et repousser tout intru ayant pour idée de forcer les lieux. Dans ce cadre étrange et inquiétant, il se demanda un instant s'il n'aurait pas eu meilleur compte de regagner les boulevards agités, les foules remuantes, les brasseries éternellement ouvertes de Paris au lieu de sombrer dans la mélancolie et il se souvint alors que celle-ci n'était que le fruit d'une intense et délicieuse émotion qui n'appelait qu'à être renouvelée, et dans cette attente il lui fallait savoir être patient. Le plaisir n'est que parce qu'il est momentané et il ne vaut pleinement que parce qu'il a la promesse de pouvoir se renouveler. Il avait soif de ce plaisir, alors le plus sage était d'absorber au plus vite ces quelques heures et un whisky pour retrouver Julie le lendemain matin. Il sortit de sa torpeur, se servit un grand verre et s'affala sur le canapé pour regarder une série télévisée. Le grand écran plaqué contre un mur avala ses méditations et lorsqu'amandine l'appela, il lui répondit sans plaisir, machinalement et d'une voix monocorde, anesthésié par l'alcool et le défilé des images violentes constamment renouvelées d'une vague série policière. Il ne prit même pas la peine de couper le son, elle n'était déjà plus au centre de son cœur. Ce n'est que tard qu'il se décida à manger quelques tranches de charcuterie avant de gagner son lit et sombra dans un profond sommeil.

La nuit fut courte, Julie arriva à 9h00, pimpante, gaie, tourbillonnante et gracieuse comme une hirondelle, Pierre avait de hâte de la saisir contre lui et en sentir toute la fragilité et la douceur. Pas un mot n'eut besoin d'être prononcé pour qu'elle se retrouve nue contre lui, l'embrassant et l'entrainant dans une valse de plaisirs à damner un Saint. Elle ne marqua pas même une pause jusqu'à ce que onze heures sonnent à la petite pendule posée sur la table du salon, rappelant qu'il fallait que chacun reprenne son chemin qui, pour Pierre, était celui de la gare pour y retrouver Amandine. Julie eu un geste de malédiction en regardant ces aiguilles si cruelles, et laissa échapper un sanglot si émouvant que Pierre en fut plus épris d'elle encore, cette sensibilité dans l'amour qu'elle lui montrait était une chose qu'il n'avait encore jamais vécue. Elle se serra contre lui et lui susurra :

- Mon chéri, reste avec moi,
- Impossible, tu le sais, je ne peux pas abandonner Amandine à la gare,
- Mais tu es chez toi ici, elle retournera à Paris,
- C'est trop tôt pour ça, donne-moi un peu de temps pour que tu sois certaine de m'aimer,

- Mais tu ne le ressens pas ?
- Oh si, bien sûr, mais nous devons avoir un peu de patience, mon amour
- Alors quand te reverrais-je ?
- Dès que possible. Demain ou après-demain. Je te le promets, je te retrouverai l'après-midi dans la forêt.
- Tu ne m'oublieras pas ?
- Non, lui dit-il en l'embrassant tendrement.

Ils se levèrent doucement, se rhabillèrent, et, dans un dernier baiser, elle enfourcha son vélo et disparu par la grille.

Pierre reprit alors machinalement ses activités et se mit en route pour la gare, non s'en avoir fait un peu d'ordre afin de faire disparaitre toute trace de ses incartades conjugales. Ce fut le ronronnement de l'habitude qui marqua le retour d'Amandine. Il n'y eu aucun excès de joie, et bien au contraire la conversation ne fut marquée que de phrases courtes, de réponses rapides et de longs silences d'un couple ayant déjà trop parlé par le passé et ne trouvant pas de futur pour bâtir un avenir commun épanoui. Pierre était absorbé dans ses pensées, et elle, donnait l'impression d'avoir l'esprit encore à Paris, peut-être par excès de travail ou bien par réflexion quant à leur nouvelle vie ? Ce malaise les séparant ne fit que s'accentuer en passant le seuil du manoir. Elle sentait une pression s'exercer sur elle, comme s'ils n'étaient pas seuls. Elle avait le sentiment que les choses avaient bougé, les meubles, mais aussi le décor et elle se crut, un instant, épiée. L'attitude de Pierre, quatre mètres devant, n'était pas pour la rassurer, furetant, scrutant, semblant avoir perdu quelque menu objet. Puis brusquement il se tourna et déclama en souriant :

- Veux-tu un gin tonic avec moi pour nous remettre de ce trajet ?

Il venait de briser cette digue invisible, elle le retrouvait et en reprenant ses esprits elle répondit un franc :

- Oui, tu as raison !

Il se hâta de préparer cette boisson et l'invita à le rejoindre dans le boudoir, où il était certain que Julie n'était pas allée et sans trouble apparent, ils passèrent une fin de journée très calme, agréablement. Mais ce soir-là, Amandine eut beaucoup de mal à trouver le sommeil, d'abord parce que Pierre avait refusé de faire l'amour au prétexte d'une grande fatigue, et cela ne lui ressemblait guère, et aussi parce qu'elle ressentait à nouveau une oppression, l'air semblait changer continuellement de température, passant du chaud au froid, elle se sentait repoussée par cette pièce. C'était un sentiment vague, perturbant, elle regrettait son appartement parisien confortable et rassurant, alors que son compagnon, serré sur le bord du lit et lui tournant le dos, dormait déjà.

Le lendemain ne fut guère meilleur, il lui semblât que tout avait été boulversé : les lieux, les meubles, les habitudes prises durant ces vacances, et même le parc dont elle ne retrouvait plus la chaleur et la luminosité, comme si un voile s'était posé pour détourner les rayons du soleil. Allongée dans son transat elle sentait une fraicheur l'envahir et dans le salon elle se sentait observée et étrangère. Et Pierre errait, présent et absent à la fois, comme absorbé par des pensées qui lui étaient interdites. Il ne disait mot tout en exprimant une lassitude à ses côtés. Grand Dieu ! La campagne ne valait finalement rien à leur relation, pensait-elle, songeant qu'il eut été bien plus agréable de profiter de cet héritage pour voyager, découvrir la France ou même l'Europe dans un tourbillon d'hôtels et de lieux insolites et être toujours en mouvement pour ne pas se perdre dans de sombres coins de province menant à des tendances dépressives. Ici, ils s'enterraient dans les immuables habitudes de résidents campagnards désœuvrés, entre l'observation des changements de la nature sur leur lopin de terre et le rythme lent et cadencé des trois repas, du thé de dix-sept heure, et des soirées de lecture, sans ne plus rien trouver à se raconter. Le temps passait, immuablement, et les jours suivants furent identiques, à la seule différence que son compagnon était plus sombre, plus nerveux, presque agressif sans en donner la moindre raison qui pourtant était simple - il n'arrivait pas à s'échapper pour rejoindre Julie - et chacune de ses tentatives pour comprendre ce mal-être se soldait par un peu plus de solitude, rien ne semblait convenir à réaliser une meilleure entente. Ses nuits étaient agitées. La maison semblait sans cesse s'animer, les peintures prenaient parfois des teintes luisantes, les carmins jaillissaient des gueules fantastiques peuplant plafonds et murs, les feuillages vibraient, animés d'une force obscure, invisible, mais c'est avec un haussement d'épaule et en se retournant pour poursuivre son sommeil que Pierre répondait à ses angoisses, et elle commençait à douter de ses visions et de sa bonne santé.

Le samedi matin, alors qu'elle essayait de se reposer un peu sous le doux soleil qui réchauffait l'air et faisait danser les abeilles en myriades d'étincelles dorées bruissant autours des plates-bandes de fleurs et que Pierre arpentait les allées nerveusement, à longues enjambées, butant volontairement çà et là dans des mottes de terre ou cailloux tout en faisant mine d'étudier des aménagements futurs en modelant le paysage par de grands gestes tantôt saccadés tantôt caressant des courbes imaginaires et parlant haut et fort de buis taillés, de sculptures bestiales rappelant l'atmosphère de la maison, de mares et de parterres d'épineux, la frimousse de Julie vint se coller entres les barreaux de la grille du parc. Un trait de lumière safranée éclaira son visage, laissant voir toute sa jeunesse, sans le moindre défaut de grain, joliment hâlé d'une douce note de cuivre laissant deviner sa vigueur et sa fraicheur qu'une vie au grand air lui conférait. Radieuse, elle agitait sa main, fine, si douce dans les caresses, en criant de long bonjour de sa voix mélodieuse. Elle n'avait rien à envier aux sirènes d'Ulysse, et le cœur en souffrance du trentenaire en fut immédiatement retourné. Il sembla aspiré par cette vision, se dirigeant droit sur elle, souriant pleinement en lançant un vibrant et joyeux :

- Bonjour Julie !

Qui fit sursauter Amandine, qui ne s'attendait pas à ce qu'il soit aussi prompt à saluer et rejoindre la jeune fille. Lentement, elle se leva, et déjà il ouvrait la grille, la prenait par les bras et l'embrassait sur la joue en l'invitant à pénétrer dans le parc.

- J'ai envie de toi, lui murmura-t-elle. Pourquoi n'es-tu pas venu ? Trouve une excuse pour être seul avec moi.

Sa voix chaude et gourmande était un véritable appel aux désirs, avec une pointe de fermeté nécessaire à marquer l'impératif de sa demande au risque de la perdre, et ces nuances de ton mises ensemble ne pouvaient qu'attiser l'envie d'y répondre positivement. Il fit alors tourner très vite tous les prétextes possibles dans son esprit, mais rien ne lui paraissait crédible si rapidement, Amandine avançait vers eux, et il bredouilla :

- Je vais essayer.

Julie passa alors son bras sous le sien, se dirigea droit vers Amandine et après un joyeux bonjour elle prit un ton ferme et dit :

- Pierre vient de me proposer de boire un verre avant de me raccompagner en voiture, j'espère que cela ne vous dérange pas.

Son affirmation avait un aplomb qui laissa Amandine sans voix, alors que Pierre souriait d'aise à cette injonction qui le tirait de l'embarras de ses réflexions.

- Mais, mais, ...Pierre tu es sûr ? Finit-elle par questionner d'une voie sidérée.
- Oui, bien sûr, elle doit être rentrée avant le déjeuner chez elle, et il est déjà tard. C'est la seule solution. Bien, allons d'abord nous rafraichir au salon.

Amandine, les regarda s'éloigner, incapable d'une scène inutile, incapable de les suivre, elle resta au jardin, tandis que sitôt hors de vue, les deux amants échangèrent de longs baisers, leurs mains s'égarant sous les vêtements.

> \- Tu le sais, elle partira. Et je reviendrai. Affirma Julie.

Oui, il le savait et il savait maintenant qu'il le voulait, la maison elle-même lui indiquait ce choix impérieux ; elle vibrait de leur amour, il la sentait s'animer, changer de luminosité pour leur offrir un havre protecteur, se réchauffer à mesure qu'ils s'embrassaient plus vivement, alors même que seul un air froid parcourait les pièces quand Julie était absente. Il l'avait ressenti autant qu'Amandine avait pu se sentir pousser, écarter par ses murs, ses plafonds énigmatiques, dont il lui semblait saisir à présent le sens, celui du plaisir passionné, ces plaisirs de la chair, de la luxure qui ne se vit que dans le franchissement des tabous, des interdits qu'imposent les convenances, et ces interdits étaient Julie, et uniquement Julie, qui par sa beauté, sa jeunesse, son insatiable lubricité, mettait dans cette relation une indécence délicieuse et ouvertement choquante. Ces scènes de chasse équivoques dans lesquelles le malin semblait se dissimuler sous chaque feuillage étaient à présent très claires, elles étaient un appel au péché auquel il fallait céder. C'était le sens de cette maison : un refuge gardé par des cerbères pour se livrer aux jeux de débauche les plus impudiques, et les plus excitants puisqu'ici seulement, dans cette improbable demeure fantasmagorique, ils lui seraient donnés avec autant d'allant et de vice.

Lorsqu'il quitta la maison pour la raccompagner, Amandine était assise sur son transat, l'air sombre et songeur, il lui fit un signe de la main auquel elle ne répondit pas et sans attendre il chargea le vélo dans le coffre et parti. Son escapade fut longue, il en oublia le déjeuner, et à son retour, trois heures plus tard, il ne trouva qu'un petit mot glissé sous une pierre sur la table du jardin :
"Je suis repartie à Paris, Amandine".

C'était simple, sans appel, il glissa donc machinalement le mot dans sa poche, comme il l'aurait fait d'une liste de courses, tout en pensant à Julie et s'abandonna aux rêveries.

Julie revint le soir même et lui offrit une nuit magnifique, elle mit toute la force de sa jeunesse à revenir mille fois à la charge, l'épuisant dans les inventions les plus exquises, les perversions les plus imaginatives, et il se laissa guider, entrainer, jusqu'au petit matin lorsqu'il finit, épuisé, par sombrer dans le sommeil. A son réveil, il ne trouva qu'un petit mot dont l'écriture s'enroulait en forme de cœur "Pense chaque minute à moi, je reviendrai bientôt". Alors, il attendit, fou de désir, anxieux de son absence, comptant les heures, guettant dans les bois le moindre signe, espérant toujours la voir déboucher à quelque croisée de chemin. Et elle revint une première fois, puis une seconde, puis encore et encore avec toujours autant d'envie, d'entrain, prenant possession de chaque pièce, investissant les chambres, les salons, et pas un mètre carré de cette demeure n'ignorait sa venue. Elle caressait les murs qui s'emblaient s'animer à son seul contact, réchauffant et illuminant les pièces en de douces alcôves pourpres zébrées de teintes cuivrées, de grenats ondoyants aux plafonds, de masques rieurs et sournois, voyeurs amusants de leurs ébats semblant les encourager aux vices qui happaient chaque petite parcelle encore pure de l'âme de Pierre et le rendait esclave de cette fille. Elle s'enorgueillissait de le posséder et, en le possédant, de posséder ce manoir dont elle fit arrêter les travaux sur le champ, pour envisager une tout autre restauration, plus lugubre, plus étrange.

Plus d'un mois s'écoula ainsi sans qu'il n'ait la moindre pensée pour Amandine, jusqu'à ce qu'il reçût une courte lettre.

"Pierre,

Ces jours, loin de toi, m'ont permis de réfléchir, et c'est le cœur lourd que je te dois la vérité concernant notre avenir. Je me suis trompée en croyant que nous pouvions être heureux et que je suffirais à ton bonheur. Notre amour ne vivait que parce que nous étions, ici, à Paris, tous les deux très occupés, et que nous n'avions que peu de temps à passer ensemble. Nous n'avons finalement pas autant à partager pour pouvoir vivre des semaines juste l'un avec l'autre.

Et puis, il y a eu cette Julie, une fille sans morale, dont tu t'es probablement amouraché, je le lisais dans tes yeux. Je ne veux pas rivaliser avec sa jeunesse, ni te partager pour essayer de te garder. Aujourd'hui c'est elle, demain ce serait une autre.

Je suis allée trop vite sans te connaitre bien, sans nous connaitre suffisamment, c'est donc la fin de notre histoire. J'y mets un terme nécessaire et définitif, j'espère que tu le comprendras. Tu sembles heureux dans ta maison, alors je te souhaite d'y vivre longtemps et sans amertume contre moi. Je pars en Italie pour une quinzaine de jours, il est inutile pour le moment de nous revoir, je te ferai envoyer les quelques affaires que tu as laissées ici.

Je t'envoie un dernier baiser affectueux, en souvenir du bon temps,

Adieu Pierre,

Amandine. "

Il sentit son âme fournir un effort pour se remémorer son visage, un éclair de nostalgie traversa son cerveau pour disparaitre aussitôt, noyé dans sa folie, terminant sa course dans les eaux troubles d'une conscience ayant perdu tout ambition, embourbée dans les stupres de sa nouvelle vie. Il était devenu la chose, l'objet de Julie, lui appartenant à en devenir fou. Elle jouait avec lui à sa guise, le laissant sans nouvelle et pouvant débarquer à toute heure de la journée, alors il ne quittait plus que très brièvement son manoir ; il se glissait dans les magasins, attrapait rapidement quelques victuailles et se sauvait aussi vite, sans un mot, comme poursuivi par un démon. L'effervescence des ouvriers avait elle aussi cessé dans l'attente des nouveaux ordres. Il passait ainsi la majeure partie de son temps dans une attente faite d'angoisse et de désirs, ne lisant plus, mangeant à peine, n'ayant plus de projet.

Cette lettre n'était donc rien pour lui, juste un vague souvenir se perdant dans sa mémoire, et en même temps c'était tout, un souvenir à effacer, une tache glissant sur sa passion pour y déposer les traces du passé ! Il la prit en horreur, se mit à hurler qu'il ne voulait plus jamais entendre parler de cette femme qui lui paraissait à présent si laide, si vieille, si peu agréable. Sa voix résonnait, se perdait dans les plafonds et lui revenait en un puissant écho, amplifiée, comme portée par les dizaines de petits diablotins parsemant les boiseries et qui semblaient s'agiter de bonheur dans cette tourmente. Il s'enivrait de sa colère, poussé par une force diabolique, attisé par le besoin de détruire cette histoire. Il se dirigea vers la vaste cheminée, déjà emplie de papiers froissés, de cartons et de quelques morceaux de bois bien secs, craqua une allumette et enflamma cette pile de combustibles. Rapidement le feu prit, sa lettre à la main, il la mit en boule, s'approcha, puis la jeta dans le foyer, les flammes se firent plus fortes et, par un vif retour de l'une d'elle, son pull en acrylique pris feu comme une torche. Il luttait pour l'enlever, sentait sa peau être dévorée, la fumée, étrangement, envahissait la pièce plus que de raison, aveuglé et pris de douleurs affreuses il butait contre les meubles en essayant de gagner l'extérieur. Quand enfin, flamme vivante, il réussit à sortir dehors, il aperçut Julie, à quelques mètres, d'une beauté divine, souriante, mais d'un sourire de satisfaction, regardant le spectacle en s'en délectant.

Il l'entendit alors dans un lugubre ricanement prononcer clairement :

"Ce lieu est à moi depuis des milliers d'années, cette maison est aussi à moi, construite pour mon plaisir. Moi qui suis le diable. Personne ne peut la posséder sans m'appartenir et devenir mon jouet. Tu aurais dû savoir lire les signes et quitter cette demeure. Il est trop tard maintenant, je garde mon bien et je me suis assez amusé avec toi. Je suis lassé, un autre te remplacera"

Il brûlait, mais dans le manoir le feu s'était éteint. Il hurlait de douleur, tous ses membres n'était plus que brasier ardent, et dans un dernier effort, en écarquillant les yeux, il vit que l'adorable jeune femme avait vieilli d'un coup, elle présentait le visage de la mort, celui d'une sorcière ricanant, ce portrait à peine visible dans la chambre et qui faisait face aux lettres du linteau de la cheminée DL entrelacées. Il comprit alors : "Dominus Lucifer". Voilà ce qu'était ce lieu, les Terres Rouges, les terres toujours gorgées de sang pour le Maître des Enfers, le diable.

Dans un dernier souffle, dans un effort ultime le sortant de sa folie, l'âme glacée de regrets, il murmura :

"Je me suis maudit Amandine".

Ainsi, cette propriété retomba un temps dans l'oubli, ce coin de paradis n'était qu'un abîme où se perdaient ceux qui ne savaient pas lutter contre la concupiscence, la jouissance et le vice, ceux dont le démon buvait l'âme pour conserver son royaume du mal.

Mortelle
Solitude

Le chemin serpentant entre les arbres débouchait sur une petite maison ; un chalet de bois aux pans ternis par le temps, les pluies, l'humidité baignant l'endroit et perdu au milieu de cette vaste forêt de pins sombres. Une fraicheur vivifiante provenait du ruisseau qui irriguait une sorte de potager fait essentiellement de plans de pommes de terre. Deux marches permettaient d'accéder à la porte d'entrée, les volets étaient mi-clos. En pénétrant dans cette habitation, la pénombre aurait saisi le visiteur qui par un hasard prodigieux serait arrivé jusque-là et il n'aurait perçu que la simplicité dérangeante, lugubre, d'un intérieur sans vie apparente. Autour d'une grosse cheminée noircie par des années de service, se trouvait une table, deux tabourets, un fauteuil bricolé avec des branchages, et, à l'angle de la pièce, était aménagé un espace dédié à la cuisine où deux placards, une vieille chatelaine et un évier taillé dans un gros rondin composaient le reste de ce maigre mobilier. Au fond de la pièce, une porte donnait sur une chambre tout aussi sommairement meublée.

Cela faisait déjà trois ans qu'il vivait là, en reclus, ayant tout abandonné et tout lui ayant été pris ; ses biens, ses passions, ses amours. Tout avait explosé dans cette crise qui avait bouleversé le monde et le pays dont il ne restait, il en était persuadé, que des ruines et la misère pour ceux qui avaient réussi à survivre dans les villes et villages. Ils ne devaient être plus qu'une poignée, de-ci-de-là, errant dans les décombres des siècles de progrès et de bonheurs. Qu'étaient devenues les joies simples d'un diner arrosé de vin ? Où étaient passés les grands hôtels et les restaurants aux tables riches de victuailles, de viandes, de poissons, de fruits venus des quatre coins du monde ? Liquidés ! La mort avait embarqué tant de sourires et de jolies femmes, tant d'amour et de joie, pour ne laisser place qu'à la peur et à la haine de ses voisins, de sa compagne, de sa famille. Les couples s'étaient défaits comme une trainée de poudre, dans des drames aberrants. Les enfants étaient devenus des dangers mortels dont on se débarrassait au coin d'une rue ou d'un bois. Il avait suffi de quelques mois pour bouleverser la vie irrémédiablement. Nait on ne sait où, dans quelques pays africains ou d'Amérique Centrale, nul ne le savait vraiment tant la vitesse de propagation avait été fulgurante, cette terrible maladie avait sauté de contrée en contrée, n'épargnant ni les riches, ni les pauvres. Une fièvre s'emparait des corps et s'attaquait directement au système nerveux, rendant fous forts et moins forts. Cette folie débutait par des visions et deux ou trois jours après ceux qui en étaient atteints ne reconnaissaient plus personne ou bien plutôt, pour être exact, étaient pris d'une panique schizophrène les portant à tuer ceux qui les approchaient. Les gouvernements avaient bien tenté au moindre soupçon d'isoler les malades, mais le nombre progressait de façon exponentielle sans pouvoir enrayer la contamination, et ce jusqu'aux plus hautes instances. Ainsi avaient disparu des présidents, des ministres, qui loin d'appliquer les mesures destinées à restreindre l'avancée du virus et qui les forceraient à quitter le pouvoir, niaient leur état jusqu'au drame. Les nations complètement désorganisées n'avaient plus aucun moyen d'action. L'économie périclitait à grande vitesse, rompant les approvisionnements en nourriture, médicaments et objets du quotidien. Les services publics fermaient aussi rapidement que les portes de chaque maison et à l'épidémie s'ajoutèrent la faim, la soif, les meurtres par peur ou pour un quignon de pain. Qui pouvait résistait à un tel chaos ? La puissance financière et le pouvoir ne servaient à rien car l'ère de la solitude et la méfiance avait pris le pas sur la possibilité de fuir. Riche pour aller où ? Avec qui ? Alors que le moindre garde du corps était prêt à vous assassiner, si vous même ne le faisiez pas tuer préventivement et il était tout autant inutile d'essayer de s'entourer de fidèles. En six mois le monde connu avait été dévasté pour retourner à l'âge de pierre, sans même une guerre entre pays ; la guerre était intérieure, civile. Ouvrir sa fenêtre s'était prendre le risque d'un coup de fusil ou de poignard. Il ne fallait compter que sur la chance de passer entre les barrages, d'éviter les pauvres hères hagards mais armés, pour réussir à fuir, seul, complètement seul.

Il se souvenait de Jeanne, et pleurait ses cheveux d'or, ses caresses, sa douceur en entendant au fond de lui les murmures de désir qu'elle avait l'habitude de susurrer le soir quand elle était dans ses bras, haletante entre deux étreintes, ou la chaleur de son amour juste en lui prenant la main. Il se rappelait ses doigts fins, le velouté nacré de sa peau, plus soyeuse encore que le satin de leurs draps, la délicatesse de ses lèvres dans des baisers endiablés, le plaisir et la plénitude des sens quand ensemble ils atteignaient l'orgasme.

Tous ces moments de magie que l'on ne partage qu'avec une passion absolue l'un pour l'autre, ne cessaient de revenir en vagues de tristesse, incessantes dans les longues soirées à regarder l'horizon sans espoir. Puis dans des cauchemars affreux il revivait cette dernière heure où il la vit s'éloigner, se perdre pour essayer de vivre. Ce jour-là son obstination avait été son sacrifice, elle avait voulu sortir en espérant trouver encore un peu d'humanité dans le troc d'une broche en or contre une boite de haricots ou une livre de sucre pour améliorer le bouillon clair du diner. Il lisait quand il entendit la porte se déverrouiller et il se précipita vers la fenêtre ouvrit les volets et n'eut que le temps de la voir s'éloigner.

- Ne sors pas ! Cria-t-il alors que
déjà elle tournait à l'angle de la rue.

Elle ne revint pas, mais il entendit le bruit d'une détonation...un coup de feu assez proche. Il ne la revit plus jamais, malgré l'attente toute la nuit, puis tout le lendemain. Il savait au fond de lui qu'elle était morte, encore gisante dans la rue, ou bien pire. Il n'y avait rien à faire, pas même une sépulture digne pour apaiser un peu ses larmes. Le danger était là, partout. Il était temps pour lui de partir, le plus loin possible, et le plus vite possible en se faufilant dans les ténèbres hors de la ville.

Il y était parvenu, il avait pu rejoindre péniblement à pied ce lieu isolé, cet ermitage imposé après avoir perdu absolument tout. Une réussite ? Un désastre, car au fond ce n'était que l'instinct de survie qui l'avait guidé, et chaque jour, chaque nuit, il pouvait se remémorer la douleur de cette évasion, les cris et les larmes qui l'avaient emmené vers ce sombre destin de solitude absolue.

Il avait appris à cultiver quelques légumes, à chasser au filet pour attraper les oiseaux trop curieux qui s'approchaient de son logis. Parfois, il arrivait à tuer un lapin avec un arc rudimentaire qu'il avait réussi à fabriquer et à améliorer pour lui donner suffisamment de puissance. Mais, ses repas étaient maigres et il connaissait la faim bien plus souvent qu'une assiette bien remplie.

La forêt n'apportait pas en toute saison de quoi vivre correctement, même s'il avait petit-à-petit su utiliser tout ce qu'il pouvait y trouver. Le peu de matériel qu'il avait pu emmener dans son sac-à-dos était indispensable, il y faisait très attention car il lui semblait qu'il ne pourrait plus jamais retrouver les traces de la civilisation. Aucune nouvelle ne lui parvenait, mais c'était peut-être mieux ainsi. Qui vivait encore ? Sans doute y avait-il des bandes qui écumaient les campagnes, de petits gangs dans les villes, ou des loups solitaires prêts à tuer pour une poule ou un morceau de cochon. Il n'était jamais retourné verifier, et il s'abstenait scrupuleusement de montrer la moindre trace de sa présence. Seule la fumée du feu, parfois, pouvait le trahir. Sa vie n'avait plus aucun sens, mais par habitude il s'y accrochait, vivant comme une bête traquée, amaigri, aux aguets, sans le moindre réconfort. Voilà trois ans qu'il n'avait parlé à personne, il tournait les phrases dans sa tête, se racontait des histoires, oscillait entre dépression et moments d'exubérance pendant lesquels il rêvait de retrouver sa vie passée.

Ce matin, après une nuit au sommeil agité, tiraillé par la faim, il s'était résolu à chercher une des dernières pommes de terre dans son jardin. Il en salivait déjà, et regrettait de ne pas avoir un merle pour en faire un festin. Mais le vent, la pluie rendait la nature plus silencieuse, plus cachée et sauvage. En arrivant devant ses plantations, il fut bouleversé. Des traces profondes marquaient la terre, et plusieurs plantes avaient été abimées ou déterrées. Il ne s'expliquait pas cela. C'était la première fois que la clôture de bois était endommagée, comme si quelqu'un était monté dessus ou avait donné des coups-de-pied. Le cadenas - marque d'un temps pourtant révolu mais auquel il s'accrochait - n'avait pas été forcé, non, le drame c'était produit à l'opposé du petit portillon et ce ne pouvait être des sangliers, il n'en voyait que très rarement, dans quelques longues excursions, et jamais ils ne venaient près de sa maisonnette. Jamais cela ne s'était encore produit, et les interrogations fusaient mettant son cerveau sous pression, avec une inquiétude grandissante. Mais il avait faim ! Et son premier réflexe fut de fouiller la terre où les plants avaient été arrachés. Par chance les pommes de terre n'avaient pas été prises, il y en avait de quoi remplir un petit panier, de quoi faire quelques bons repas. Seulement, c'était du gâchis par ces temps où il ne pensait qu'à économiser le peu qu'il lui restait. Cependant, il se hâta d'aller raviver le feu pour en mettre à cuire et cela devint sa seule obsession. Il surveilla avec passion les deux qu'il avait plongées dans l'eau, et dès qu'elles furent suffisamment molles, il s'attabla et les dévora goulument, en buvant de grands verres d'eau, imaginant la crème nappant ces mets et le vin qui aurait convenu à un tel repas.

- Quel festin mes amis ! Dit-il tout haut. Et après avoir marqué une courte pause, il reprit :
- Il nous faudra un rôti de biche et une poêlée de cèpes demain. N'est-ce pas Thierry ? Et de la crème aussi, et des épices, et … .

La faim et la privation le faisait ainsi délirer et inventer des menus qu'il n'avait plus, des convives fantômes.

Repu, il s'installa dans son fauteuil et s'endormit une vingtaine de minutes, puis d'un seul coup se réveilla en nage. Il venait de rêver une fois encore qu'il était attaqué par une bande affamée cherchant de la nourriture.

Il se dressa d'un seul coup, alla se rafraîchir en s'épongeant le front avec un chiffon trempé d'eau froide et sortit vivement, son grand couteau à la main. Personne dehors !

- Je dois réparer la clôture, murmura-t-il.

Et il passa le restant de la journée à couper des branches de différentes tailles et grosseurs qu'il attachait ensemble avec des lianes de lierre tout autour de son potager, renforçant ce qu'il avait déjà bâti. Le soir venu, dévoré par la faim, il engloutit une autre pomme de terre, s'en voulant de tant manger. Cependant qu'il achevait son maigre repas, la peur le reprenait, lentement, montant crescendo au fur et à mesure que le jour s'assombrissait. Qui ? Pourquoi ? Voilà les deux questions lancinantes qui le minaient en ce début de nuit. Il s'était installé dans son fauteuil, tentant vaguement de relire l'un des rares romans qu'il avait emportés dans sa fuite ... un Zola, La Débâcle, en édition de poche, ce n'était pas si mal au moins. Mais son attention était captée par les bruits de la forêt, l'oreille aux aguets, dans une intensité nerveuse épuisante. Le temps passait, il se mit à somnoler sans pouvoir lutter, puis s'endormit profondément et ce n'est que vers quatre heures du matin qu'il s'éveilla, tout ankylosé d'être resté assis dans une position inconfortable. Immédiatement, il bondit, se mit à observer la pièce ; les volets étaient bien fermés, les braises diffusaient une douce aura rougeâtre au pied de la cheminée. Il écouta alors les frôlements du vent dans les branches, mais rien ne semblait suspect ; le soleil pointerait ses rayons d'ici deux heures et les incidents de la veille ne semblaient plus qu'une mauvaise plaisanterie, sans raison. Le calme d'une nuit tranquille régnait à l'extérieur et rassuré il gagna son lit pour finir sa nuit.

En se réveillant, il s'aperçut qu'il avait dormi plus que nécessaire et il s'en voulut un instant de cette paresse, puis il se dit :

> - Mais le temps n'a plus la moindre importance, je n'ai rien d'autre à faire qu'attendre.

Attendre quoi ? Il ne le savait pas, mais il attendait, laissant faire le temps. Attendre était son seul espoir. Il rêvait parfois qu'une main féminine frappait à sa porte pour lui demander secours, d'autres fois, il imaginait en pure folie pouvoir quitter ce lieu et retourner vers les villes. Il n'avait pourtant aucune raison d'espérer, mais il vivait de cet espoir qui mois après mois le rongeait, l'usait et brisait sa capacité à réfléchir.

Ce matin il avait décidé de chasser, au moins prendre un oiseau pour déjeuner, et il sortit rapidement filet et arc en main. Un coup d'œil sur son potager le rassura, aucun dégât n'avait été commis à première vue, il prit donc un chemin menant vers une clairière où il espérait dans les taillis pouvoir trouver ses proies. Mais alors qu'il était déjà à une centaine de mètres du chalet, il remarqua de larges traces dans le sol, des sortes de pas, mal dessinés car la terre n'était pas assez humide sous les grands arbres et les feuilles amortissaient le poids de la marche, mais des pas tout de même. De grandes chaussures ? Il fut saisi d'effroi. L'épiait-on ? Il sonda la forêt d'un regard perçant, scruta chaque arbre, inspecta chaque fougère, mais ne vit rien. Et son logis resté vide ? Il se mit à courir, relançant les crampes qui tenaillaient son ventre vide, et heurta la porte violemment dans un dernier effort. Rien non plus, sauf le silence de la solitude et les appels d'un coucou au loin dans les chênes.

Il sentait la menace rôder, attendre son heure pour le frapper, le voler, s'emparer de sa maison, le tuer sans aucun doute. Il ne pouvait partir chasser ainsi, vulnérable et laissant ses biens sans surveillance. Résolu et à contre cœur, il rentra et, tiraillé par la faim, il finit par puiser une fois de plus dans son stock. Il prit le temps de manger lentement, espérant ainsi faire durer le peu qu'il avait. Puis, il décida de renforcer ses volets et sa porte. Couteau et hache en main, il se glissa dehors, observant les alentours. Personne ! Il se mit donc au travail jusqu'à une heure tardive, non sans une certaine fierté et avec l'impression de construire un château fort. Il se rêvait à ajouter des pierres, des murs solides, épais, et pouvoir tenir à distance tout ennemi trop insistant. Son agitation avait sans doute fait fuir celui qui avait laissé ces grands pas, car de tout l'après-midi il n'avait remarqué aucun bruit suspect ou mouvement étrange. Il était apaisé et il passa la soirée à lire, jusque vers minuit, puis se tint aux aguets une petite heure et de guerre lasse alla dormir.

Le lendemain, il eut de la chance. Aucun nouveau signe intriguant, tout était en ordre, à sa place, et il put même tuer deux moineaux trop curieux dont il fit un bon déjeuner. Il poursuivit ses efforts pour renforcer sa sécurité. Le soir, il se mit à penser tout haut.

- Peut-être ai-je eu tort de repousser cet étranger. Ce devait être une femme, elle a pris peur en me voyant armé. Je suis idiot, elle ne pouvait rien me faire.

Il se mit à échafauder des stratégies pour la retrouver, faire connaissance et finit par s'endormir du sommeil du juste, apaisé et rêveur.

En se levant, il prépara sa journée. Il avait prévu d'aller faire un tour de ronde dans la forêt, avec l'espoir de surprendre celle qu'il appelait déjà sa Dame, car de folie en folie il était à présent certain qu'il ne pouvait s'agir que d'une femme. Il faudrait lui donner confiance, l'inviter à discuter. Et il échafaudait déjà des projets, balayant d'une pensée le risque qu'elle pouvait représenter. Il avait tant besoin de quelqu'un !

Alors masquant son couteau dans un vieux bout de tissu, il glissa dans sa poche une patate cuite afin de lui proposer en gage de cadeau d'amitié et il bondit dehors, plein d'espoir. Un large sourire chaleureux égayait son visage barbu, ses yeux pétillaient en mille étincelles de joie, il était léger comme s'il allait à un premier rendez-vous galant. Mais, quand il se retourna machinalement vers son jardin, il ne put retenir son corps qui s'écroula dans un cri déchirant. Le travail de ces jours derniers était saccagé en plusieurs points, la terre avait été grattée, retournée laissant plusieurs plans définitivement cassés. Il repensa aussitôt aux traces de pas dans la forêt et il prit peur.

- Qui est là ? Qui est là ? Cria-t-il.

Et seul le vent lui répondit dans un grand souffle d'air frais.

Non, ce carnage ne pouvait pas être celui d'une femme apeurée, fluette, cherchant un refuge.

Il se redressa, et courut jusqu'à ses plantations.

- Qui est là ? Que voulez-vous ?

Il s'effondra par terre en larmes.

- Sortez ! venez ! Hurla-t-il entre deux sanglots de peine et de rage.

Il ramassa nerveusement tout ce qui pouvait être sauvé et mangeable, retournant la terre avec ses mains, et amassant un petit tas de pommes de terre chétives. Il ne comprenait pas pourquoi cet être maléfique n'avait pas simplement fait cette récolte. Ce diable voulait plus ! Sa maison, son arc, sa vie sans doute, et pourtant il ne possédait que si peu. Mais il se rappelait la démence des hommes dans cette terrible catastrophe qui avait ruiné sa vie comme tant d'autres.

Il n'était donc pas le dernier, mais à quoi ressemblaient ceux qui étaient restés en vie ? Des monstres qui se dévoraient entre eux ? Il imagina un instant les pires tourments, le cannibalisme pour un lambeau de viande crue, dépeçant sans même tuer leurs victimes. C'était donc probablement ça la fin.

Il ramassa dans un pli de sa chemise son maigre trésor. Il fallait tenir, s'apprêter à vivre calfeutré en attendant l'attaque. Mais combien étaient-il ? Pas un seul, un clan, une troupe sûrement. Ils n'avaient pas encore osé l'attaquer, mais ils s'enhardissaient et ils le feraient. Il se hâta de regagner sa maison et ferma tout, bloquant la porte avec la table, barrant les volets de lourdes traverses de bois, puis il fit du feu. Oh, il pouvait bien faire un grand feu pour s'éclairer puisqu'il avait été repéré. Il voulait que la lumière éclaira toute la pièce. Puis sans attendre il cuit un maigre repas qu'il avala pour se donner du courage.

Un silence lugubre régnait à présent, rien de plus ni de moins que d'habitude, mais il le jugeait plus pesant, plus inquiétant. Alors, dans un élan d'humanité, il pria à genoux et pensa à Jeanne. Les larmes coulaient sur ses joues, il sentait le souffle de ses lèvres, la chaleur de sa peau, et dans un sanglot il dit tout bas :

> - Je vais te rejoindre. Dieu nous unira à nouveau.

Plusieurs heures passèrent ainsi dans cette position de piété. Il somnolait un peu, se secouant de temps à autre. Le temps s'écoulait en souvenirs, le vidait de ses forces, lentement, sans merci, et finalement, si naturellement. A bout, il finit par s'allonger sur le sol et s'endormit alors que la nuit enveloppait de son voile sombre ce dernier bastion de résistance.

Il fut réveillé par des grognements, des craquement lugubres, très proches, là, sous les volets, ou sur le pas de la porte. Ces barbares ne savaient peut-être plus parler ? Il lui semblait entendre de vagues syllabes mal prononcées. Il se précipita vers le feu mourant pour remettre du bois, voir dans cette pièce obscure.

Une buchette dans une main, son couteau dans l'autre, il se blottit en boule, prêt à bondir comme un ressort. Pas un bruit surtout, ne pas indiquer l'endroit où il se terrait Que disaient-ils ? Faim ? Manger ? Les pas étaient maintenant bien perceptibles, lourds, pesants, sans doute dus à de grosses chaussures ferrées. Parfois il lui semblait qu'ils trainaient sur le sol. Il pouvait entendre de petites respirations, comme celle d'un chien sentant une piste, puis de nouveau des grognements. Ils devaient coller leur nez aux parois de bois. Lui, devait sentir fort, il était en sueur, trempé, se retenant pour ne pas uriner tant l'instant était oppressant. Il en soupçonnait un près de la fenêtre nord, un autre un peu plus loin. Quand d'un coup, un crissement affreux venant de la porte retint tout son être. Des lames semblaient lacérer le bois ! Il finirait par se fendre sous les coups de boutoir d'objets métalliques les plus machiavéliques. Étaient-ce des pics, des faux ou des serpes bricolés pour tuer ? De longs couteaux de chasse ?

Ils étaient trop nombreux, trop bien équipés. Il décida finalement de crier pour les effrayer, et en écho ce fut un fantastique mugissement qui lui répondit, un bruit de course, mais revenant rapidement vers le piètre chalet. Ils allaient attaquer, le dépecer en fines lanières, le couper membre par membre, le manger cru ou le jeter au feu, le trucider en le faisant bouillir peut-être. Son cerveau était en ébullition, cette mort atroce il ne l'avait pas choisie. Il ne supporterait pas d'être torturé par ces hommes redevenus bêtes. Au désespoir il appela Jeanne à son secours et d'un geste vif il préféra en finir seul, et retournant sa lame contre lui, il la planta en plein cœur, hurlant à tout rompre pour masquer la douleur qui l'emmenait au trépas et à la délivrance.

Le silence se fit un court instant. Et après une seconde de stupeur, une famille d'ours tout occupée jusque-là à satisfaire sa curiosité devant cette drôle de bicoque en tentant d'y pénétrer, détala, affolée, rapidement entre les chênes et les hêtres. Mais ce trouble passager s'estomperait vite, et la nature dans cet univers sans humain y reprendrait ses droits. La maison finirait par s'ouvrir aux vents pour le bonheur de ces plantigrades fouineurs que l'homme intriguait tant.

Du même auteur

D'une rencontre, Books on Demand, 2020

Trio, Books on Demand, 2020

Le coût d'une vie, Books on Demand, 2021

Post Mortem, Books on Demand, 2022